CRNI ČOVJEK

Crni čovjek

ALDIVAN TORRES
Emily Cravalho

Canary Of Joy

CONTENTS

1- 1

"Crni čovjek"
Aldivan Torres
Emily Andrade Cravalho
CRNI ČOVJEK

Napisala: Aldivan Torres
2020. - Aldivan Torres
Sva prava pridržana
Serija: Perverzne sestre

Ova knjiga, uključujući sve dijelove, zaštićena je autorskim pravima i ne može se reproducirati bez odobrenja autora, preprodati ili prenijeti.

"
Aldivan Torres, rođena u Brazilu, književna je umjetnica. Svojim napisima obećava da će oduševiti javnost i odvesti ga do užitaka užitka. Napokon, seks je jedna od najboljih stvari koje postoje.
Posvećenost I Hvala
Prezentacija
Crnac
Vatra
Liječničko savjetovanje
Natjecateljski test

Povratak učitelja

Posvećenost I Hvala

Ovu erotsku seriju posvećujem svim ljubiteljima seksa i perverznjacima poput mene. Nadam se da ću ispuniti očekivanja svih ludih umova. Ovdje započinjem ovo djelo s uvjerenjem da će Amelinha, Belinha i njihovi prijatelji ući u povijest. Bez daljnjega, topao zagrljaj mojim čitateljima.
Dobro čitanje i puno zabave.
S ljubavlju, Pisac.

Prezentacija

Amelinha i Belinha dvije su sestre rođene i odrasle u unutrašnjosti Pernambuco. Kćeri poljoprivrednih očeva rano su znale kako se s osmijehom na licu suočiti s žestokim poteškoćama seoskog života. Ovim su postizali svoja osobna osvajanja. Prvi je revizor javnih financija, a drugi, manje inteligentan, općinski je učitelj osnovnog obrazovanja u Arcoverde.

Iako su profesionalno sretni, njih dvoje imaju ozbiljan kronični problem u vezi jer nikad svog princa nisu smatrali šarmantnim, što je san svake žene. Najstarija, Belinha, neko je vrijeme došla živjeti s muškarcem. Međutim, iznevjereno je što je u njegovom malom srcu stvorilo nepopravljive traume. Bila je prisiljena rastati se i obećala je sebi da više nikada neće patiti zbog muškarca. Amelinha, jadna, ne može se ni zaručiti. Tko se želi oženiti Amelinha? Ona je drska brineta, mršava, srednje visine, oči boje meda, srednje dupe, grudi poput lubenice, prsa definirana izvan zadivljujućeg osmijeha. Nitko ne zna koji je njezin stvarni problem, točnije oboje.

U vezi s njihovim međuljudskim odnosima, vrlo su blizu međusobnog dijeljenja tajni. Budući da je Belinha izdao nitkov, Amelinha je prihvatila bolove svoje sestre i također krenula igrati se s muškarcima. Njih su dvoje postali dinamičan dvojac poznat kao "Perverzne sestre". Unatoč tome, muškarci vole biti njihove igračke. To je zato što nema ništa bolje od voljeti Belinha i Amelinha čak i na trenutak. Hoćemo li zajedno upoznati njihove priče?

Crnac

Amelinha i Belinha, kao i velike profesionalke i ljubavnice, lijepe su i bogate žene integrirane u društvene mreže. Osim samog seksa, oni također žele steći prijatelje.

Jednom je čovjek ušao u virtualni chat. Nadimak mu je bio "Crnac". U ovom je trenutku ubrzo zadrhtala jer je voljela crnce. Legenda kaže da imaju neosporan šarm.

- Pozdrav, ljepotice! - Nazvali ste blaženog crnca.
- Pozdrav, u redu? - odgovorila je intrigantna Belinha.
- Sve super. Laku noć!
- Laku noć. Volim crnce!
- Ovo me sad duboko dirnulo! No postoji li za to poseban razlog? Kako se zoveš?
- Pa, razlog je moja sestra i ja volim muškarce, ako znate na što mislim. Što se naziva tiče, iako je ovo vrlo privatno okruženje, nemam što skrivati. Zovem se Belinha. Drago mi je.
- Zadovoljstvo je moje. Zovem se Flavius i jako sam simpatičan!
- Osjetila sam čvrstoću u njegovim riječima. Mislite da je moja intuicija u pravu?
- Ne mogu sada odgovoriti na to jer bi time okončana cijela misterija. Kako se zove tvoja sestra?
- Zove se Amelinha.

- Amelinha! Predivno ime! Možete li se fizički opisati?
- Plava sam, visoka, snažna, duga kosa, velika guza, srednje grudi i imam skulpturalno tijelo. A ti?
- Crna boja, visoka jedan metar i osamdeset centimetara, snažna, pjegava, debelih ruku i nogu, uredne, opružene kose i definiranih lica.
- Jao! Jao! Ti me pališ!
- Ne brini zbog toga. Tko me poznaje, nikad ne zaboravlja.
- Sad me želiš izluditi?
- Oprosti na tome, dušo! To je samo da dodamo malo šarma našem razgovoru.
- Koliko si star?
- Dvadeset i pet godina i vaše?
- Imam trideset i osam godina, a sestra trideset i četiri. Unatoč razlici u godinama, vrlo smo bliski. U djetinjstvu smo se ujedinili kako bismo prevladali poteškoće. Kad smo bili tinejdžeri, dijelili smo svoje snove. I sada, u odrasloj dobi, dijelimo svoja postignuća i frustracije. Ne mogu živjeti bez nje.
- Sjajno! Ovaj vaš osjećaj je jako lijep. Dobivam želju da vas upoznam. Je li ona zločesta poput tebe?
- Na dobar način, ona je najbolja u onome što radi. Vrlo pametno, lijepo i pristojno. Moja prednost je što sam pametniji.
- Ali ne vidim problem u ovome. Volim oboje.
- Sviđa li vam se stvarno? Znate, Amelinha je posebna žena. Ne zato što mi je sestra, već zato što ima divovsko srce. Žao mi je zbog nje jer nikad nije dobila mladoženju. Znam da joj je san udati se. Pridružila mi se u ustanku jer me izdao moj suputnik. Od tada tražimo samo brze veze.
- Potpuno razumijem. Također sam perverznjak. Međutim, nemam posebnog razloga. Samo želim uživati u svojoj mladosti. Djelujete kao sjajni ljudi.
- Hvala vam puno. Jeste li stvarno iz Arcoverde?

- Da, dolazim iz centra. A ti?
- Iz susjedstva Sveti Kristofor.
- Sjajno. Živiš li sam?
- Da. U blizini autobusne stanice.
- Možete li danas posjetiti muškarca?
- Voljeli bismo. Ali morate riješiti oboje. U redu?
- Ne brini, ljubavi. Mogu podnijeti do tri.
- Čudo! Šarmirate me.
- Odmah dolazim. Možete li objasniti mjesto?
- Da. Bit će mi zadovoljstvo.
- Znam gdje je. Dolazim gore!

Crnac je napustio sobu i Belinha također. Iskoristila je to i preselila se u kuhinju gdje je upoznala sestru. Amelinha je prala prljavo posuđe za večeru.

- Laku noć tebi, Amelinha. Nećete vjerovati. Pogodite tko dolazi?
- Nemam pojma, sestro. Who?
- Flavije. Upoznala sam ga u virtualnoj sobi za razgovor. Danas će nam biti zabava.
- Kako on izgleda?
- Crni je čovjek. Jeste li ikad zastali i pomislili da bi to moglo biti lijepo? Jadnik ne zna za što smo sposobni!
- Stvarno je tako, sestro! Završimo ga.
- On će pasti, sa mnom! - rekao je Belinha.
- Ne! Bit će sa mnom - odgovorila je Amelinha.
- Jedno je sigurno: S jednim od nas on će pasti - zaključio je Belinha.
- Istina je! Što kažeš na to da sve spremimo u spavaćoj sobi?
- Dobra ideja. Pomoći ću ti!

Dvije nezasitne lutke otišle su u sobu ostavljajući sve organizirano za dolazak mužjaka. Čim završe, začuju zvono.

- Je li to on, sestro? - pitala je Amelinha.

- Provjerimo zajedno! - Pozvao je Belinha.
- Dođi! Amelinha se složila.

Korak po korak dvije su žene prošle vrata spavaće sobe, prošle blagovaonicu i potom stigle u dnevnu sobu. Prišli su vratima. Kad ga otvore, naiđu na Flavijev šarmantan i muževan osmijeh.
- Laku noć! U redu? Ja sam Flavije.
- Laku noć. Nema na čemu. Ja sam Belinha koja je razgovarala s tobom na računalu, a ova draga djevojka pored mene je moja sestra.
- Drago mi je, Flavije! - rekla je Amelinha.
- Drago mi je. Mogu li ući?
- Naravno! - Dvije su žene istovremeno odgovorile.

Pastuh je imao pristup sobi promatrajući sve detalje dekora. Što se događalo u tom kipućem umu? Posebno ga je dirnuo svaki od tih ženskih primjeraka. Nakon kratkog trenutka, duboko je pogledao u oči dvije kurve govoreći:
- Jeste li spremni za ono zbog čega sam došao?
- Spremni-potvrdili ljubavnici!

Trojac se teško zaustavio i prošao dug put do veće sobe u kući. Zatvorivši vrata, bili su sigurni da će raj za nekoliko sekundi otići u pakao. Sve je bilo savršeno: raspored ručnika, seksualnih igračaka, pornografskog filma na stropnoj televiziji i romantične glazbe živahne. Ništa nije moglo oduzeti užitak sjajne večeri.

Prvi korak je sjedenje kraj kreveta. Crnac se počeo skidati s dvije žene. Njihova požuda i žeđ za seksom bile su toliko velike da su kod tih slatkih dama izazvale malo tjeskobe. Skidao je košulju koja je pokazala grudni koš i trbuh dobro razrađeni svakodnevnim vježbanjem u teretani. Vaše prosječne dlake u cijeloj ovoj regiji izvukle su uzdah iz djevojaka. Nakon toga skinuo je hlače omogućujući pogled na donje rublje Boxa, što je pokazivalo njegov volumen i muževnost. U to vrijeme dopustio im je da dodirnu organ, čineći ga uspravnijim. Bez tajni, bacio je donje rublje pokazujući sve što mu je Bog dao.

Bio je dugačak dvadeset dva centimetra, promjera četrnaest centimetara dovoljan da ih izludi. Ne gubeći vrijeme, pali su na njega. Počeli su s predigrom. Dok joj je jedna gutala penis u ustima, druga je lizala vrećice mošnje. U ovoj operaciji prošlo je tri minute. Dovoljno dugo da budem potpuno spreman za seks.

Tada je počeo prodirati u jedno, a zatim u drugo bez preferencija. Učestali tempo shuttlea izazvao je stenjanje, vriske i višestruke orgazme nakon čina. Bilo je to trideset minuta vaginalnog seksa. Svako pola vremena. Tada su zaključili s oralnim i analnim seksom.

Yatra

Bila je hladna, mračna i kišovita noć u glavnom gradu svih zabiti Pernambuco. Bilo je trenutaka kada su prednji vjetrovi dosezali 100 kilometara na sat plašeći jadne sestre Amelinha i Belinha. Dvije izopačene sestre upoznale su se u dnevnoj sobi svog jednostavnog prebivališta u četvrti Sveti Kristofor. Nemajući što raditi, veselo su razgovarali o općim stvarima.

- Amelinha, kako si proveo dan u uredu na farmi?
- Ista stara stvar: organizirao sam porezno planiranje porezne i carinske uprave, upravljao plaćanjem poreza, radio u prevenciji i borbi protiv utaje poreza. To je naporan posao i dosadno. Ali korisno i dobro plaćeno. A ti? Kakva vam je bila rutina u školi? - pitala je Amelinha.
- Na satu sam na najbolji mogući način prenosio sadržaje vodeći učenike. Ispravio sam greške i uzeo dva mobitela učenika koji su ometali nastavu. Također sam držao satove iz ponašanja, držanja, dinamike i korisnih savjeta. U svakom slučaju, osim što sam učiteljica, ja sam im i majka. Dokaz tome

je da sam se, u stanci, ubacio u razred učenika i zajedno s njima igrali smo poskoka, hulahupa, udarali i trčali. Po mom mišljenju, škola je naš drugi dom i moramo paziti na prijateljstva i ljudske veze koje iz nje imamo - odgovori Belinha.

- Sjajno, moja mala sestro. Naša su djela izvrsna jer pružaju važne emocionalne i interakcijske konstrukcije među ljudima. Nijedan čovjek ne može živjeti izolirano, a kamoli bez psiholoških i financijskih resursa - analizirala je Amelinha.

- Slažem se. Rad nam je neophodan jer nas čini neovisnima od prevladavajućeg seksističkog carstva u našem društvu - rekao je Belinha.

- Točno. Nastavit ćemo u svojim vrijednostima i stavovima. Čovjek je dobar samo u krevetu - primijetila je Amelinha.

- Kad smo već kod muškaraca, što ste mislili o Christianu? - pitala je Belinha.

- Ispunio je moja očekivanja. Nakon takvog iskustva, moji instinkti i moj um uvijek traže više generiranja unutarnjeg nezadovoljstva. Kakvo je vaše mišljenje? - pitala je Amelinha.

- Bilo je dobro, ali i ja se osjećam poput vas: nepotpuno. Suh sam od ljubavi i seksa. Želim sve više i više. Što imamo za danas? - rekao je Belinha.

- Ostao sam bez ideja. Noć je hladna, mračna i mračna. Čujete li buku vani? Puno je kiše, jakog vjetra, munja i grmljavine. Bojim se! - rekla je Amelinha.

- Ja isto! - Belinha je priznala.

U ovom se trenutku po cijelom Arcoverde začuje gromovna grmljavina. Amelinha skače u krilu Belinha koja vrišti od boli i očaja. Istodobno nedostaje struje, što ih oboje čini očajnima.

- Što sada? Što ćemo učiniti Belinha? - pitala je Amelinha.

- Pusti me, kujo! Donijet ću svijeće! - rekao je Belinha. Belinha je nježno odgurnula sestru sa strane kauča pipajući zidove kako bi stigla do kuhinje. Kako je kuća relativno mala, ne treba dugo da se dovrši ova operacija. Upotrijebivši takt, uzima svijeće u ormar i pali ih šibicama strateški postavljenim na vrh peći.

Paljenjem svijeće, ona se mirno vraća u sobu gdje on susreće svoju sestru s tajanstvenim osmijehom širom otvorenim na licu. Na čemu je bila?

- Možeš odzračiti, sestro! Znam da nešto razmišljaš- Rekao je Belinha .
- Što ako zovemo gradsku vatrogasnu službu upozoravajući na požar? Rekla je Amelinha.
- Da razjasnimo. Želiš izmisliti izmišljenu vatru kako bi namamio ove ljude? Što ako budemo uhićeni? - Belinha se bojala.
- Moj kolega! Sigurna sam da će im se svidjeti iznenađenje. Što bolje trebaju učiniti u ovako mračnoj i dosadnoj noći? - rekla je Amelinha.
- U pravu si. Zahvalit će vam na zabavi. Razbiti ćemo vatru koja nas izjeda iznutra. Sada se postavlja pitanje: Tko će ih imati hrabrosti nazvati? - pitala je Belinha.
- Vrlo sam sramežljiva. Ovaj zadatak prepuštam tebi, moja sestro- rekla je Amelinha.
- Uvijek ja. U redu. Što god se dogodi, dogodi se - zaključio je Belinha.

Ustajući s kauča, Belinha odlazi do stola u kutu gdje je instaliran mobitel. Ona zove vatrogasni broj i čeka odgovor. Nakon nekoliko dodira začuje dubok, čvrst glas koji govori s druge strane.

- Laku noć. Ovo je vatrogasci. Što želiš?
- Zovem se Belinha. Živim u četvrti Sveti Kristofor ovdje u Arcoverde. Moja sestra i ja očajne smo zbog sve ove kiše. Kad

je ovdje u našoj kući nestala struja, došlo je do kratkog spoja, koji je počeo paliti predmete. Srećom, sestra i ja smo izašli. Vatra polako guta kuću. Trebamo pomoć vatrogasaca - rekla je uznemirena djevojka.

- Polako, prijatelju. Uskoro stižemo. Možete li dati detaljne informacije o svom mjestu? - pitao je dežurni vatrogasac.
- Moja kuća je točno na Central Avenue, treća kuća s desne strane. Je li to u redu s vama?
- Znam gdje je. Bit ćemo tamo za nekoliko minuta. Biti mirni- Rekao je vatrogasac.
- Čekamo. Hvala vam! - Hvala Belinha.

Vraćajući se na kauč sa širokim osmijehom, njih su dvoje pustili jastuke i frknuli od zabave kojom su se bavili. Međutim, to se ne preporučuje ako nisu dvije kurve poput njih.

Desetak minuta kasnije začuli su kucanje na vratima i pošli odgovoriti. Kad su otvorili vrata, suočili su se s tri čarobna lica, svako sa svojom karakterističnom ljepotom. Jedan je bio crnac, visok šest metara, noge i ruke srednje. Drugi je bio taman, visok metar i devedeset, mišićav i skulpturalan. Treća je bila bijela, niska, mršava, ali jako draga. Bijeli se dječak želi predstaviti:

- Bok, dame, laku noć! Zovem se Roberto. Taj se susjed zove Matthew, a smeđi Philip. Kako se zovete i gdje je vatra?
- Ja sam Belinha, razgovarao sam s vama telefonom. Ova brineta ovdje je moja sestra Amelinha. Uđi pa ću ti objasniti.
- Dobro - Prihvatili su trojicu vatrogasaca istovremeno.

Kvintet je ušao u kuću i činilo se da je sve normalno jer se struja vratila. Smjestili su se na sofi u dnevnoj sobi zajedno s djevojkama. Sumnjičavi, vode razgovor.

- Vatra je gotova, zar ne? - pitao je Matthew.
- Da. Već ga kontroliramo zahvaljujući velikom trudu - objasnila je Amelinha.

- Šteta! Želio sam raditi. Tamo je u vojarni rutina tako jednolična - rekao je Felipe.
- Imam ideju. Što kažete na rad na ugodniji način? - predložila je Belinha.
- Misliš da si ono što mislim? - ispitivao je Felipea.
- Da. Mi smo samohrane žene koje vole zadovoljstvo. Raspoloženi za zabavu? - pitala je Belinha.
- Samo ako sada kreneš - odgovorio je crnac.
- I ja sam previše- potvrdio je Smeđi čovjek.
- Čekaj me- Bijeli dječak je dostupan.
- Pa, hajde- Rekle su djevojke.

Kvintet je ušao u sobu dijeleći bračni krevet. Tada je započela seksualna orgija. Belinha i Amelinha naizmjence su prisustvovali zadovoljstvu trojice vatrogasaca. Sve je djelovalo čarobno i nije bilo boljeg osjećaja nego biti s njima. Uz raznolike darove doživjeli su seksualne i položajne varijacije stvarajući savršenu sliku.

Djevojke su izgledale nezasitno u svom seksualnom žaru što je izluđivalo te profesionalce. Prošli su noć seksajući i činilo se da užitku nikad kraja. Nisu otišli dok ih hitno nisu nazvali s posla. Dali su otkaz i otišli odgovoriti na policijsko izvješće. Bez obzira na to, nikada ne bi zaboravili to divno iskustvo uz "Perverzne sestre".

Liječničko savjetovanje

Osvanulo je u prelijepoj prijestolnici. Obično su se dvije izopačene sestre rano budile. Međutim, kad su ustali, nisu se osjećali dobro. Dok je Amelinha nastavila kihati, njezina se sestra Belinha osjećala pomalo ugušeno. Te su činjenice vjerojatno došle od prethodne noći na Virginia War Squareu gdje su u mirnoj noći pili, ljubili se u usta i skladno frktali.

Kako se nisu osjećali dobro i bez snage za bilo što, sjedili su na kauču religiozno razmišljajući što učiniti, jer su profesionalne obveze čekale da se riješe.

- Što ćemo, sestro? Potpuno sam zadihan i iscrpljen- rekao je Belinha.
- Pričaj mi o tome! Boli me glava i počinjem dobivati virus. Izgubljeni smo! - rekla je Amelinha.
- Ali mislim da to nije razlog da propustim posao! Ljudi ovise o nama! - rekao je Belinha
- Smiri se, nemojmo paničariti! A da se pridružimo lijepom? - predložena Amelinha.
- Nemoj mi reći da misliš ono što ja mislim .... - Belinha je bila zaprepaštena.
- Tako je. Idemo zajedno liječniku! To će biti izvrstan razlog da propustite posao i tko zna ne događa se ono što želimo! - rekla je Amelinha
- Odlična ideja! Pa, što čekamo? Pripremimo se! - pitala je Belinha.
- Dođi! - složila se Amelinha.

Njih su dvoje otišli u svoja ograđena prostora. Bili su toliko uzbuđeni zbog odluke; nisu ni izgledali bolesno. Je li sve to bio samo njihov izum? Oprosti mi čitatelju, nemojmo misliti loše o našim dragim prijateljima. Umjesto toga, pratit ćemo ih u ovom novom uzbudljivom poglavlju njihova života.

U spavaćoj sobi okupali su se u svojim apartmanima, obukli novu odjeću i obuću, počešljali dugu kosu, stavili francuski parfem i potom otišli u kuhinju. Tamo su razbili jaja i sir puneći dva kruha i jeli s ohlađenim sokom. Sve je bilo jako ukusno. Unatoč tome, činilo se da to nisu osjećali jer su tjeskoba i nervoza uoči imenovanja liječnika bile gorostasne.

Kad su sve pripremili, napustili su kuhinju da izađu iz kuće. Sa svakim korakom, njihova su mala srca pulsirala od osjećaja razmišljajući u potpuno novom iskustvu. Neka su blagoslovljeni svi! Optimizam ih je obuzeo i bilo je nešto što bi trebali slijediti i drugi!

S vanjske strane kuće odlaze u garažu. Otvorivši vrata u dva pokušaja, stoje ispred skromnog crvenog automobila. Unatoč dobrom ukusu za automobile, oni su više voljeli one popularne od klasika iz straha od zajedničkog nasilja prisutnog u gotovo svim brazilskim regijama.

Djevojke bez odgađanja ulaze u automobil lagano dajući izlaz, a zatim jedna od njih zatvara garažu i odmah se vraća u auto. Tko vozi je Amelinha sa iskustvom već deset godina. Belinha još ne smije voziti.

Vrlo kratka ruta između njihovog doma i bolnice odvija se sigurno, skladno i spokojno. U tom su trenutku imali lažni osjećaj da mogu sve. Suprotno tome, bojali su se njegove lukavosti i slobode. I sami su bili iznenađeni poduzetim radnjama. Nisu ni za što manje nazvani droljastim dobrim gadovima!

Stigavši u bolnicu, zakazali su sastanak i čekali da ih pozovu. U tom su vremenskom intervalu iskoristili međuobrok i razmijenili poruke putem mobilne aplikacije sa svojim dragim seksualnim službenicama. Ciničnije i veselije od ovih, to je bilo nemoguće biti!

Nakon nekog vremena red je da ih se vidi. Nerazdvojni, ulaze u ured za njegu. Kad se to dogodi, liječnik gotovo ima srčani udar. Ispred njih bio je rijedak čovjekov komad: Visoka plavuša, visok metar i devedeset centimetara, bradat, kose koja je stvarala rep, mišićavih ruku i grudi, prirodnih lica anđeoskog pogleda. Čak i prije nego što su uspjeli sastaviti reakciju, poziva:

- Sjednite obojica!
- Hvala vam! - Rekli su oboje.

Njih dvoje imaju vremena za brzu analizu okoliša: Ispred stola za usluge, liječnik, stolica na kojoj je sjedio i iza ormara.

S desne strane, krevet. Na zidu ekspresionističke slike autora Cândido Portinari koje prikazuju muškarca sa sela. Atmosfera je vrlo ugodna ostavljajući djevojke lagodnima. Atmosferu opuštenosti narušava formalni aspekt savjetovanja.

- Recite mi što osjećate, djevojke!

To je djevojkama zvučalo neformalno. Kako je sladak bio taj plavokosi čovjek! Sigurno je bilo ukusno jesti.

- Glavobolja, zaostalost i virus! - rekao je Amelinha.
- Bez daha sam i umorna! - Tvrdio je da je Belinha.
- U redu je! Daj da vidim! Lezi na krevet! - pitao je liječnik.

Kurve su jedva disale na ovaj zahtjev. Profesionalac ih je natjerao da skinu dio odjeće i osjetio ih u raznim dijelovima što je izazvalo jezu i hladan znoj. Shvativši da s njima nema ništa ozbiljno, pratitelj se našalio:

- Sve izgleda savršeno! Čega želite da se boje? Injekcija u dupe?
- Volim to! Ako se radi o velikoj i gustoj injekciji još bolje! - rekao je Belinha.
- Hoćeš li se polako prijavljivati, ljubavi? - rekla je Amelinha.
- Već previše tražite! - Primijetio je kliničara.

Pažljivo zatvorivši vrata, pada na djevojke poput divlje životinje. Prvo skine ostatak odjeće s tijela. To mu još više izoštrava libido. Budući da je potpuno gol, na trenutak se divi tim kiparskim bićima. Tada je na njemu red da se pokaže. Pazi da se skinu. To povećava međusobnu igru i intimnost između grupe.

Kad su sve spremne, započinju pripremne sekse. Koristeći jezik u osjetljivim dijelovima poput anusa, magarca i uha, plavuša izaziva mini orgazam užitka u obje žene. Sve je išlo u redu čak i kad je netko neprestano kucao na vrata. Nema izlaza, on mora odgovoriti. Malo prošeta i otvori vrata. Pritom nailazi na dežurnu medicinsku sestru: vitku mulac, tankih nogu i vrlo nisko.

- Doktore, imam pitanje o pacijentovim lijekovima: je li to petsto ili tristo miligrama klotrimazola? - pitao je Roberto pokazujući recept.

- Petsto! - potvrdio je Alex.

U ovom je trenutku medicinska sestra vidjela noge golih djevojaka koje su se pokušavale sakriti. Nasmijao se unutra.

- Šalim se malo, ha, Doc? Nemojte ni zvati svoje prijatelje!
- Ispričajte me! Želite se pridružiti bandi?
- Volio bih!
- Onda dođi!

Njih su dvoje ušli u sobu zatvorivši vrata za sobom. Više nego brzo mulac se skinuo. Potpuno gol, pokazao je svoj dugački, debeli, žilavi jarbol kao trofej. Belinha je bila oduševljena i uskoro mu je davala oralni seks. Alex je također zahtijevao da Amelinha učini isto s njim. Nakon oralnog, počeli su analno. U ovom je dijelu Belinha bilo vrlo teško držati sestru za čudovište. Ali kad su ušli u rupu, njihovo je zadovoljstvo bilo ogromno. S druge strane, nisu osjećali poteškoće jer im je penis bio normalan.

Tada su imali vaginalni seks u raznim položajima. Kretanje naprijed-natrag u šupljini uzrokovalo je u njima halucinacije. Nakon ove faze, četvero se udružilo u grupni seks. Bilo je to najbolje iskustvo u kojem su potrošene preostale energije. Petnaest minuta kasnije, oboje su rasprodani. Za sestre seksu nikad ne bi bilo kraja, ali dobro jer su poštovali krhkost tih muškaraca. Ne želeći ometati svoj posao, prestali su uzimati potvrdu o opravdanosti posla i svoj osobni telefon. Otišli su potpuno staloženi ne izazivajući ničiju pažnju tijekom prijelaza kroz bolnicu.

Stigavši na parkiralište, ušli su u automobil i krenuli put natrag. Sretni kakvi su već su razmišljali o svom sljedećem seksualnom nestašluku. Izopačene sestre bile su stvarno nešto!

Privatna lekcija

Bilo je popodne kao i svako drugo. Došljaci s posla, izopačene sestre bile su zauzete kućanskim poslovima. Nakon završetka svih zadataka, okupili su se u sobi da se malo odmore. Dok je Amelinha čitala knjigu, Belinha je putem mobilnog interneta pregledavala svoje omiljene web stranice.

U nekom trenutku druga vrisne iz sobe uglas, što uplaši njezinu sestru.

-Što je, curo? Jesi li lud? - pitala je Amelinha.

- Upravo sam pristupio web stranici natjecanja s zahvalnim iznenađenjem obaviještenom Belinha.

-Reci mi više!

-Registracije saveznog regionalnog suda su otvorene. Učinimo?

-Dobar poziv, sestro moja! Kolika je plaća?

-Više od deset tisuća početnih dolara.

-Vrlo dobro! Moj posao je bolji. Međutim, natječit ću se jer se pripremam za druge događaje. Služit će kao eksperiment.

-Dobro vam ide! Ti me potičeš. Sad, ne znam odakle početi. Možete li mi dati savjete?

-Kupujte virtualni tečaj, postavljajte puno pitanja na mjestima za testiranje, radite i ponovite prethodne testove, pišite sažetke, gledajte savjete i preuzmite dobre materijale s interneta, između ostalog.

-Hvala vam! Poslušat ću sve ove savjete! Ali trebam nešto više. Pazi, sestro, budući da imamo novca, kako bi bilo da platimo privatnu lekciju?

-Nisam se toga sjetio. To je dobra ideja! Imate li prijedloga za kompetentnu osobu?

-Imam vrlo kompetentnog učitelja iz Arcoverde u mojim telefonskim kontaktima. Pogledajte njegovu sliku!

Belinha je sestri dala mobitel. Ugledavši dječakovu sliku, bila je u zanosu. Osim zgodnog, bio je i pametan! Bila bi savršena žrtva para koji se korisno pridružuje ugodnom.

-Što čekamo? Idi po njega, sestro! Moramo uskoro učiti. - rekla je Amelinha.

-Razumiješ! - prihvatila je Belinha.

Ustajući s kauča, počela je birati brojeve telefona na brojčanoj pločici. Jednom kad se uputi poziv, trebat će vam samo nekoliko trenutaka da se odgovori.

-Zdravo. Jesi li dobro?

-Sve Je super, Renato.

-Pošaljite narudžbe.

- Surfao sam Internetom kad sam otkrio da su otvorene prijave za natjecanje saveznih regionalnih sudova. Odmah sam svoj um imenovao kao uglednog učitelja. Sjećate li se školske sezone?

-Dobro se sjećam tog vremena. Dobra vremena ona koja se ne vrate!

-Tako je! Imate li vremena održati nam privatnu lekciju?

-Kakav razgovor, mlada damo! Za tebe uvijek imam vremena! Koji datum određujemo?

-Možemo li to učiniti sutra u 2:00? Moramo započeti!

-Naravno da znam! Uz moju pomoć, ponizno kažem da se šanse za prolazak nevjerojatno povećavaju.

-Sigurna sam u to!

-Kako dobro! Možete me očekivati u 2:00.

-Hvala vam puno! Vidimo se sutra!

-Vidimo se kasnije!

Belinha je spustio slušalicu i iscrtao osmijeh svojoj suputnici. Sumnjajući na odgovor, Amelinha je pitala:

-Kako je prošlo?

-Prihvatio je. Sutra u 2:00 bit će ovdje.

-Kako dobro! Živci me ubijaju!

-Samo polako, sestro! Biti će u redu.
-Amen!
-Da pripremimo večeru? Već sam gladan!
-Pa zapamtili.!

Par je otišao iz dnevne sobe u kuhinju gdje su u ugodnom okruženju, između ostalih aktivnosti, razgovarali, igrali se, kuhali. Bile su to uzorne figure sestara koje su spajale bol i samoća. Činjenica da su bili kopilad u seksu samo ih je još više kvalificirala. Kao što svi znate, Brazilka ima toplu krv.

Ubrzo nakon toga, pobratimili su se oko stola, razmišljajući o životu i njegovim peripetijama.

-Jedeći ovaj ukusni pileći stroganoff, sjećam se crnca i vatrogasaca! Trenuci koji kao da nikad ne prolaze! - rekla je Belinha!

- Pričaj mi o tome! Ti su dečki ukusni! O sestri i liječniku da i ne govorimo! I ja sam to voljela! - Sjetila se Amelinha!

-Istina, sestro moja! Imajući lijep jarbol bilo koji muškarac postaje ugodan! Neka mi oproste feministkinje!

-Ne trebamo biti toliko radikalni ...!

Njih dvoje se smiju i nastavljaju jesti hranu na stolu. Na trenutak ništa drugo nije bilo važno. Činilo se da su sami na svijetu i to ih je kvalificiralo kao Božice ljepote i ljubavi. Jer najvažnije je osjećati se dobro i imati samopoštovanje.

Sigurni u sebe, nastavljaju obiteljski ritual. Na kraju ove faze surfaju internetom, slušaju glazbu na stereo uređaju u dnevnoj sobi, gledaju sapunice i, kasnije, porno film. Ova navala ostavlja ih bez daha i umorne prisiljavajući ih da se odmaraju u svojim sobama. Jedva su čekali sljedeći dan.

Neće proći dugo dok duboko ne zaspu. Osim noćnih mora, noć i zora odvijaju se u granicama normale. Čim svane, ustaju i počinju slijediti uobičajenu rutinu: kupanje, doručak, posao, povratak kući, kupanje, ručak, drijemanje i preseljenje u sobu u kojoj čekaju predviđeni posjet.

Kad začuju kucanje na vratima, Belinha ustaje i odlazi odgovoriti. Pritom nailazi na nasmijanog učitelja. To mu je prouzročilo dobro unutarnje zadovoljstvo.

-Dobro došao, prijatelju! Spremni ste nas naučiti?

-Da, vrlo, vrlo spremno! Još jednom hvala na ovoj prilici! - rekao je Renato.

-Idemo unutra! - Rekao je Belinha.

Dječak nije dobro razmislio i prihvatio je zahtjev djevojčice. Pozdravio je Amelinha i na njezin znak sjeo na kauč. Njegov prvi stav bio je skinuti crnu pletenu bluzu jer je bilo prevruće. Ovime je ostavio dobro odrađeni naprsnik u teretani, znoj koji je curio i tamnoputu svjetlost. Svi su ti detalji bili prirodni afrodizijak za ona dva "Perverznjaka".

Pretvarajući se da se ništa ne događa, pokrenut je razgovor između njih troje.

-Jeste li pripremili dobar razred, profesore? - pitala je Amelinha.

-Da! Krenimo s kojim člankom? - pitao je Renato.

-Ne znam ... - rekla je Amelinha.

-Što kažeš da se prvo zabavimo? Nakon što si skinuo majicu, smočio sam se! - priznala je Belinha.

-Ja također- rekao je Amelinha.

-Vas dvoje ste stvarno seksualni manijaci! Nije li to ono što volim? - rekao je gospodar.

Ne čekajući odgovor, skinuo je svoje plave traperice na kojima se vide mišići aduktora na bedru, sunčane naočale na plavim očima i na kraju donje rublje na savršenstvu dugog penisa, srednje debljine i trokutaste glave. Bilo je dovoljno da male kurve padnu na vrh i počnu uživati u tom muževnom, veselom tijelu. Uz njegovu pomoć skinuli su odjeću i započeli pripremne sekse.

Ukratko, ovo je bio prekrasan seksualni susret u kojem su iskusili mnogo novih stvari. Bilo je to gotovo četrdeset minuta divljeg seksa u potpunom skladu. U tim trenucima osjećaji su bili toliko veliki da nisu ni primijetili vrijeme i prostor. Stoga su bili beskrajni kroz Božju ljubav.

Kad su dostigli ekstazu, malo su se odmorili na kauču. Zatim su proučavali discipline koje je natjecalo natjecanje. Kao učenici, njih su dvoje bili uslužni, inteligentni i disciplinirani, što je učitelj primijetio. Siguran sam da su bili na putu za odobrenje.

Tri sata kasnije, prestali su obećavajući nove studijske sastanke. Sretne u životu, izopačene sestre otišle su se brinuti o svojim drugim dužnostima već razmišljajući o svojim sljedećim pustolovinama. U gradu su bili poznati kao "Nezasitni".

Natjecateljski test

Prošlo je dosta vremena. Otprilike dva mjeseca izopačene sestre posvećivale su se natjecanju prema raspoloživom vremenu. Svaki dan koji je prolazio, bili su spremniji za sve što je dolazilo i odlazilo. Istodobno, bilo je seksualnih susreta i u tim su trenucima bili oslobođeni.

Napokon je stigao testni dan. Odlazeći rano iz glavnog grada zaleđa, dvije su sestre počele hodati autocestom BR 232 ukupne rute od 250 km. Putem su prolazili pored glavnih točaka unutrašnjosti države: Pesqueira, Belo Jardim, São Caetano, Caruaru, Gravatá, Bezerros i Vitória de Santo Antão. Svaki od ovih gradova imao je svoju priču i na osnovu svog iskustva je potpuno upio. Kako je bilo dobro vidjeti planine, atlantsku šumu, caatingu, farme, farme, sela, male gradove i srkati čisti zrak koji je dopirao iz šuma. Pernambuco je bio stvarno prekrasna država!

Ulazeći u urbani obod glavnog grada, slave dobru realizaciju Putovanja. Krenite glavnom avenijom do dobrog izleta u susjedstvu, gdje će obaviti test. Usput se suočavaju s zagušenim prometom, ravnodušnošću nepoznatih ljudi, zagađenim zrakom i nedostatkom smjernica. Ali napokon su uspjeli. Ulaze u odgovarajuću zgradu, identificiraju se i započinju test koji će trajati dva razdoblja. Tijekom prvog dijela testa potpuno su usredotočeni na izazov pitanja s višestrukim izborom. Banka odgovorna za događaj dobro ga je razradila i potaknula najrazličitije elaborate njih dvoje. Prema njihovom mišljenju, dobro im je išlo. Kad su napravili pauzu, izašli su na ručak i sok u restoran ispred zgrade. Ovi su im trenuci bili važni za održavanje povjerenja, odnosa i prijateljstva.

Nakon toga, vratili su se na poligon. Tada je započelo drugo razdoblje događaja s pitanjima koja se bave drugim disciplinama. Čak i bez održavanja istog tempa, i dalje su bili vrlo pronicljivi u svojim odgovorima. Na taj su način dokazali da je najbolji način za prolazak na natječajima posvećivanje puno studija. Nešto kasnije, završili su svoje samouvjereno sudjelovanje. Predali su dokaze, vratili se u automobil krećući se prema obližnjoj plaži.

Usput su svirali, uključili zvuk, komentirali utrku i napredovali ulicama Recife promatrajući osvijetljene ulice glavnog grada jer je bila skoro noć. Čudi se viđenom spektaklu. Nije ni čudo što je grad poznat kao "prijestolnica tropa". Sunce je zašlo dajući okolišu još veličanstveniji izgled. Kako je lijepo biti tamo u tom trenutku!

Kad su stigli do nove točke, približili su se obali mora, a zatim lansirali u njegove hladne i mirne vode. Isprovocirani osjećaj ekstatičan je od radosti, zadovoljstva, zadovoljstva i mira. Gubeći pojam o vremenu, plivaju dok se ne umore. Nakon toga, bez straha i brige leže na plaži u svjetlu zvijezda. Magija ih je sjajno uhvatila. Jedna riječ koja se koristila u ovom slučaju bila je "Neizmjerno".

U jednom trenutku, s gotovo pustom plažom, postoji pristup dvojice muškaraca iz djevojčica. Pokušavaju se uspraviti i trčati pred opasnošću. Ali zaustavljaju ih snažne ruke dječaka.

- Polako, djevojke! Nećemo te ozlijediti! Molimo samo malo pažnje i naklonosti! - Jedan od njih je progovorio.

Suočene s nježnim tonom, djevojke su se smijale od osjećaja. Ako su željeli seks, zašto ih ne bi zadovoljili? Oni su bili majstori u ovoj umjetnosti. Odgovarajući na njihova očekivanja, ustali su i pomogli im da se skinu. Isporučili su dva kondoma i napravili striptiz. Bilo je dovoljno izludjeti onu dvojicu muškaraca.

Padajući na zemlju, voljeli su se u parovima i od njihovih pokreta pod se tresao. Dopustili su si sve seksualne varijacije i želje oboje. U ovom trenutku isporuke nisu se brinuli ni za što ni za koga. Za njih su bili sami u svemiru u velikom ritualu ljubavi bez predrasuda. U seksu su se u potpunosti isprepleli i stvorili moć koju nikada prije nisu vidjeli. Poput instrumenata, bili su dio veće sile u nastavku života.

Samo ih iscrpljenost prisiljava da prestanu. Potpuno zadovoljni, muškarci daju otkaz i odlaze. Djevojke se odluče vratiti do automobila. Započinju putovanje natrag u svoje prebivalište. Potpuno dobro, sa sobom su ponijeli svoja iskustva i očekivali dobre vijesti o natjecanju na kojem su sudjelovali. Svakako su zaslužili najbolju sreću na svijetu.

Tri sata kasnije, došli su kući u miru. Zahvaljuju Bogu na blagoslovu udijeljenim odlaskom na spavanje. Neki dan čekao sam još emocija za dvojicu manijaka.

Povratak učitelja

Zora. Sunce rano izlazi sa svojim zrakama koje prolaze kroz pukotine prozora milujući lica naših dragih komadića. Uz to, fini jutarnji vjetrić pomogao im je stvoriti raspoloženje. Kako je lijepo bilo imati priliku drugog dana uz Očev blagoslov. Polako se njih dvoje ustaju sa svojih kreveta gotovo u isto vrijeme. Nakon kupanja, njihov se sastanak održava u nadstrešnici gdje zajedno pripremaju doručak. Trenutak je radosti, iščekivanja i ometanja razmjene iskustava u nevjerojatno fantastičnim vremenima.

Nakon što je doručak spreman, okupljaju se oko stola udobno smješteni na drvenim stolicama sa naslonom za kolonu. Dok jedu, razmjenjuju intimna iskustva.

Belinha
Moja sestro, što je to bilo?
Amelinha
Čista emocija! Još se sjećam svakog detalja tijela tih dragih kretena!
Belinha
Ja isto! Osjetila sam veliko zadovoljstvo. Bilo je gotovo ekstrasenzorno.
Amelinha
Znam! Činimo ove lude stvari češće!
Belinha
Slažem se!
Amelinha
Je li vam se svidio test?
Belinha
Svidjelo mi se. Umirem od provjere svog učinka!
Amelinha
Ja isto!

Čim su završile s hranjenjem, djevojčice su uzele mobitele pristupajući mobilnom internetu. Otvorili su stranicu organizacije kako bi provjerili povratne informacije dokaza. Zapisali su to na papir i otišli u sobu provjeriti odgovore.

Unutra su poskočili od sreće kad su vidjeli dobru notu. Prošli su! Osjećaj koji se osjećao trenutno nije mogao obuzdati. Nakon što je puno proslavio, ima najbolju ideju: pozovite učitelja Renata da proslave uspjeh misije. Belinha je ponovno zadužena za misiju. Podiže telefon i zove.

Belinha
Zdravo?
Renato
Bok, jesi li dobro? Kako si, slatka Belle?
Belinha
Vrlo dobro! Pogodite što se upravo dogodilo.
Renato
Ne govori mi ti.
Belinha
Da! Prošli smo natječaj!
Renato
Moje čestitke! Zar ti nisam rekao?
Belinha
Želim vam puno zahvaliti na suradnji u svakom pogledu. Razumiješ me, zar ne?
Renato
Razumijem. Moramo nešto namjestiti. Po mogućnosti kod vaše kuće.
Belinha
Upravo sam zato zvala. Možemo li to učiniti danas?
Renato
Da! Mogu to učiniti večeras.
Belinha
Čudo. Tada vas očekujemo u osam sati u noći.
Renato
U redu. Mogu li dovesti brata?
Belinha
Naravno!

Renato
Vidimo se kasnije!
Belinha
Vidimo se kasnije!

Veza prestaje. Gledajući svoju sestru, Belinha odaje smijeh sreće. Znatiželjan, drugi pita:
Amelinha
Pa što? dolazi li?
Belinha
Sve je u redu! Večeras u osam sati ponovno ćemo se ujediniti. Dolaze on i njegov brat! Jeste li razmišljali o Surubi?
Amelinha
Pričaj mi o tome! Već pulsiram od osjećaja!
Belinha
Neka bude srca! Nadam se da će uspjeti!
Amelinha
-Sve Je riješeno!

Njih se dvoje istovremeno smiju ispunjavajući okoliš pozitivnim vibracijama. U tom trenutku nisam sumnjao da se sudbina urotila za noć zabave za taj manijački dvojac. Već su zajedno postigli toliko faza da sada ne bi oslabili. Stoga bi trebali nastaviti idolizirati muškarce kao seksualnu igru, a zatim ih odbaciti. To je bilo najmanje što je utrka mogla učiniti da im plati patnju. Zapravo niti jedna žena ne zaslužuje patnju. Ili točnije, gotovo svaka žena ne zaslužuje bol.

Vrijeme je za posao. Izlazeći iz sobe već spremne, dvije sestre odlaze u garažu gdje odlaze svojim privatnim automobilom. Amelinha prvo vodi Belinha u školu, a zatim odlazi u farmu. Tamo odiše radošću i govori profesionalne vijesti. Za odobrenje natjecanja prima čestitke svih. Ista stvar se događa i Belinhi.

Kasnije se vrate kući i ponovo sretnu. Tada započinje priprema za primanje vaših kolega. Dan je obećavao da će biti još posebniji.

Točno u zakazano vrijeme čuju kucanje na vratima. Belinha, najpametnija od njih, ustaje i odgovara. Čvrstim i sigurnim koracima stavlja se na vrata i polako ih otvara. Po završetku ove operacije vizualizira braću. Na znak domaćice ulaze i smještaju se na sofu u dnevnoj sobi.

Renato
Ovo je moj brat. Zove se Ricardo.
Belinha
Drago mi Je, Ricardo.
Amelinha
Ovdje ste dobrodošli!
Ricardo
Zahvaljujem vam obojici. Zadovoljstvo je moje!
Renato
Spreman sam! Možemo li jednostavno otići u sobu?
Belinha
Dođi!
Amelinha
Tko Koga Sada dobiva?
Renato
Ja sam Biram Belinha.
Belinha
Hvala ti, Renato, hvala ti! Mi smo zajedno!
Ricardo
Rado ću ostati s Amelinha!
Amelinha
Drhtat ćeš!
Ricardo
Vidjet ćemo!
Belinha

Onda neka zabava počne!

Muškarci su žene nježno stavili na ruku noseći ih do kreveta smještenih u spavaćoj sobi jedne od njih. Došavši do mjesta, oni se skidaju i padaju u prekrasni namještaj započinjući ritual ljubavi u nekoliko položaja, razmjenjuju milovanja i saučesništvo. Uzbuđenje i zadovoljstvo bili su toliko veliki da su se preko ulice mogli čuti uzdasi koji su skandalizirali susjede. Mislim, ne toliko, jer su već znali za svoju slavu.

Zaključkom s vrha, ljubavnici se vraćaju u kuhinju gdje piju sok s kolačićima. Dok jedu, razgovaraju dva sata, povećavajući interakciju grupe. Kako je bilo dobro biti tamo i učiti o životu i kako biti sretan. Zadovoljstvo je dobro sa sobom i sa svijetom koji potvrđuje svoja iskustva i vrijednosti prije nego što drugi nose sigurnost da ih drugi ne mogu osuđivati. Stoga je maksimum u koji su vjerovali bio „Svatko je svoj čovjek".

Do noći napokon se opraštaju. Posjetitelji odlaze ostavljajući "Dragi Pirineji" još euforičnijim kad razmišljaju o novim situacijama. Svijet se samo okretao prema dvojici pouzdanika. Neka im je sreća!

Kraj

www.ingramcontent.com/pod-product-compliance
Lightning Source LLC
LaVergne TN
LVHW020453080526
838202LV00055B/5436